CÍRCULO *Luna Parque*
DE POEMAS *Fósforo*

o mapa de casa
ou travessa nossa senhora das graças

Jorge Augusto

Ilustrações
JEFERSON BISPO

para Jeferson Bispo, meu amigo,
e todos os outros, os que ficaram e os que foram.

todo lugar é um
"lugar de memória"
e
toda memória
é o mapa
de um lugar
J.A.

Na mais rica metrópole, suas várias contradições
É incontável, inaceitável, implacável, inevitável
Ver o lado miserável se sujeitando com migalhas, favores
Se esquivando entre noite de medo e horrores
Qual é a fita, a treta, a cena
A gente reza, foge, e continua sempre os mesmos problemas
Racionais MC's

sou soteropolitano moleque baiano [...]
eu sou resistência tá ligado na colé
não faço que eu faço, só faço o que eu digo
seu papagaio de pirata traidor fudido
[...] eu sou daqui de Salvador, sou de Salvador
Parangolé

Um coração ferido por metro quadrado
Racionais MC's

travessa nossa senhora das graças

I
Babão cuspia palavras
na nossa cara, chovia
cuspalavras disformes
numa morfologia de água

Peu atropelava a língua
com sua gramática es-
quisita dobrava-a em
várias esquinas, ou parecia
falar sempre em libras

Fel exibia seu dicionário
exíguo com ressalva
reciclava nos diversos usos
sua meia dúzia de palavras

Tênha com a língua enrolada
em novelo falava pelos coto-
velos, palestrava horas sem
dizer nenhum enredo

Quirinho repetia sem critério
sua língua de palavrões e chavões
um dicionário de ofensas, xingava
mesmo com a palavra mais tenra

Bob e Faraó faziam silêncio
lhes era demasiado qualquer
linguagem por extenso, até na
expressão facial falavam menos

outros tantos omito
— sigilo, para mantê-los
vivos no esquecimento
de seu próprio destino —

II
havia porém uma sintaxe
comum, que não estava
nas palavras e seu arranjo
mas entre elas, no branco

esse efeito intransitivo
que a língua ganha no
exercício de falar sempre
pra dentro ou pra nenhum
destino é quiçá para evitar
os afetos e seus desfechos
o luto por laços desfeitos

cada um vivia sua própria
língua no fazer que a fazia
mas os mundos mudos teciam
suas tristezas, entristeciam-
se amarrando os lassos laços

e mostrar-nos assim, no
que a língua pena, não é
negar-lhes a pena, pois
é preciso dominar a língua —
gem para calar-se quando
dizer não vale mais a pena

não era porém apenas a sintaxe
de um Graciliano, escrita
no silêncio de Fabiano
pra denunciar a linha fina que
separa o bicho do humano

era um silêncio específico
signo que mantinha em
sigilo aquilo que precisava
ser esquecido para que
a vida se tornasse possível

essa sintaxe desarranjada,
que cada um compunha
com a própria fala, era signo
de uma presença que não
podia ser calada, mas que
também não suportava ser
enunciada a cada palavra

o silêncio simulava furtivo
aquilo por demais sabido:
aquela tristeza ordinária devia
ser domada para que a vida
tivesse sua graça, sua risada

esse xadrez monossilábico
vazado de silêncios mal coados
era um detalhe uma estratégia
de combate contra o trágico
tática de guerrilha, pra que a
memória não sepulte a vida

a tristeza demais conhecida
não precisava ser dita e repetida
era engolida como um compri-
mido, seco e intransitivo, sempre
ouvida no silêncio e seus sentidos
e calada a cada palavra

III
mas havia uma linguagem
comum ao que nos cabe
que nos unia além da afasia
do silêncio do recalque
do vocabulário mínimo
do esquecimento e da agonia

eram as formas geométricas
uma específica: a esfera, que
rolando no asfalto costurava
desenhos com o compasso
das pernas abertas e seus traços

e ainda as formas sinuosas
que o corpo toma quando
se inclina no balé a que a bola
obriga quem lhe doma a crina

essa dança era quando
falávamos a mesma língua
quando a bola escreve
os afetos que a língua evita
como fossem defeitos
feridas ou ínguas

qual fosse o motivo
do silêncio; luto bala
perdida, fome ou cha-
cina, o baba fazia nossa
catarse, uma piada outra
bola na trave, servia pra
destravar a gargalhada
que nos imuniza contra
nossa cotidiana desgraça

o baba não era anestesia
— luta contra o que não se cura —
nem nos anistiava de nossas
chagas, era uma outra língua
que significava a vida além
da lida e do luto, é o punho
cerrado o revide o murro

era o balé da bola nosso
braille, escrito nos silêncios
com que dizíamos os afetos
feitos da história, da pele
preta, de nossa memória
motes que nossos corpos
grafitam na semiose de uma
luta diária contra a morte

rua cadê o homi

descer subir subir descer
nas centenas de degraus
daquela escada parecia
que a vida não daria nada

Jocevaldo não achava trabalho
Peu faltava todas as aulas
o que os filhos de Dona Ninha
roubavam mal dava para a semana

todos os dias os mesmos dramas
urgências de saúde, um segredo
novo que ninguém ignorava, uma
briga de casal, ou novo enterro

qualquer mudança nesse enredo
era uma alegria, um bebê que nascia
alguém que arranjava um emprego
um sumido que voltava pra casa

qualquer mínima alegria que ante-
cipava a próxima tragédia era uma
festa, um respiro facho de luz, trégua
como pequeno carnaval fora de época

como no dia em que Jeu ia ser pai
ou o bahia campeão encheu de paz
a rua — como se os deuses sempre
de parte decidissem operar o milagre

logo depois quarta-feira de cinzas
aquele clima de velório vinha de novo
roer nossos olhos, cavar nos rostos
aquele buraco onde vivíamos enfiados

às vezes os degraus pareciam infinitos
como se estivéssemos rotos no fundo
do precipício olhando pra cima vendo os
ratos e ouvindo correr a água do esgoto

outros dias pareciam o contrário no meio
do jogo de vivo-ou-morto a gente se abra-
çava uns aos outros, festejando o milagre
sem santo de fazermos tanto de tão pouco

ríamos e nossa gargalhada ameaçava
o mundo, como subir as escadas rebolando
o pagodão, insubmissos vivos se tínhamos
que morrer não nos encontrariam rendidos

os meninos

para Letieres Leite

com a palma da
mão sobre a pele
do peito
o menino tira o repique
no contratempo
o coração bumba
a marcação
por dentro
do corpo a canção
sonora como
na batida rum pi lés
duzentos mil decibéis
ecoando
um carnaval
enquanto o ogan
insuspeito balança
o corpo
em plena praça
convocando ao mundo
sua mágica

ainda os meninos

para o Ilê Ayê

da palma
da mão do ogan
o som
reorganiza o mundo

pracataprucutum

o batuque do tambor
entorta o corpo
que tonto gira
o mundo em trezentos
e sessenta graus

retratos de casa

duzentos e cinquenta mil degraus
de escadas: descer-subir-descer
sem chegar ao céu ou ao inferno

pagando promessa por estar vivo

o relógio quebrado perece o tempo
sempre no passado o calendário
tbt vencido com fotos do paraíso

enfeitava a casa de resto desolada

a avenida peixe "deu no noticiário"
pai: "por que só tem peixe preto
no aquário?" — "são mais baratos"

a janela lá de casa dava para o quintal

de Dona Marta de vez em quando
oferendas, bichos e batuques
barulhos de festas com danças e ritos

minha mãe se benzia e nos obrigava

uma espécie de reza pra fechar o corpo
não se podia falar nem ir àquele mundo
seus nomes seu jogo seus "monstros"

apagava a luz pra deixar tudo no escuro

minha mãe ordenava o "não", não
olhar pela greta da janela não dançar
nem ouvir, não achar bonito, não — rezar

mas era o medo sempre mentiroso

de quem nos deixava na mão da benzedeira
ao menor sinal de doença, olhado, ou outro
malogro como o feitiço que me curou da asma

parecia mais o receio de não poder apostar

na pule da salvação, no deus dos exércitos
do pecado e do perdão, do castigo, da punição
arriscar isso parecia se condenar em definitivo

então, todo dia no rádio sobre a geladeira

um padre anunciava a salvação, benzia a água
e prometia: perdão, emprego, farinha, feijão
essa era às vezes a única garantia que se tinha

e então confortada, a alma, ou algo que a valha

na esperança de que o abismo não nos olhe de volta
no jogo entre nietzsche e nossa senhora, o importante era estar em casa, todo dia, às dezoito horas

iniciação

I
nos nomes das ruas e dos homens
ninguém era negro: bispos, fernandes
albuquerques, ferreiras e castros todos
escondiam nossas vidas em segredo

rua lima e silva, transversal a pero vaz
avenida padre antônio vieira, paralela
a santa mônica: invasores, generais e santas
grafados nas placas, muros e postes

não era diferente nos mercados, padarias
e farmácias os mesmos nomes repetidos
sinhô, sinhá, são isso, santo aquilo, tudo
a nossa volta ordenava o mesmo sacrifício

II
só os apelidos: Guto Jeu Peu Fel Babão, nos
escondiam do zodíaco, nenhuma astrologia
nada, além dos búzios, nos dava futuro

queríamos outra sorte sonhávamos
com um drible de corpo enganar a
morte virar a curva pegar o norte

a nossa vida era outra ouro no pes-
coço boné da nike tênis adidas
beijar, feliz, a boca das meninas

III
mas a gente reinventava os nomes
nossa senhora, virou cadê o homi
rua lima e silva ficou liberdade

à revelia das placas se batizava
outra cidade, uma memória rebelde
contra a herança covarde, como se

cada rua, esquina, travessa ou viela
iniciada fosse reintegração de posse
luta contra o esquecimento e a morte

paisagens de casa

a arquitetura colonial das casas
sem sacadas, apertados quarto-salas
umas sobre as outras amontoadas
montanhas de casas em cascata

continuavam o drama do exílio
meninos mortos, meninas nuas
corpos pisoteados e esburacados
como as ruas, avenidas e becos

os degraus de escada sobre o esgoto
eram a arquibancada em dia de domingo
o bingo era acertar a vida dos outros
apostar cervejas no resultado do jogo

no mapa das casas não havia espaço
sagrado, a sala estendida entre quarto
e cozinha, o banheiro era lavanderia
parede meia, telha e varal improvisado

dentro desse lar pequeno e mal acabado
se espreme um mundo imenso, sonhos
apertados dentro de potes de mantimento
querendo ir além dos tijolos e cimento

psicanálise VIII

espantado
diante do espelho o menino
alisa o queixo

faz a barba
abraça resignado o dia
que o ameaça

se repetindo
trabalho, estudo, escada
cansaço e mais nada

insistindo depois
na alegria de domingo talvez
esposa e filhos

mas volta o mundo
girando seu vazio confuso
gilete na cara

o menino perdido
anda em círculos no labirinto
imenso da casa

sonhou um dia
que a mãe voltava — havia fugido
da vida mirrada

mas acordou
com vazio no peito e pelo na cara
tornou a fazer a barba

baba a porrada

para Babão

é
no um a um
sem falta

"pernas e cabeças
 na calçada"

golpe alto
sangue no asfalto

pescoçocanela
caixadospeitosperna

de gol a golpe
de golpe a gol

cuspir o sangue
limpar o suor

ninguém sonha
em ser jogador de futebol

aqui não tem mais menino
é cadê o homi contra virgílio

mão branca

os cães latiam desesperados
antecipando o luto
como dois e dois são quatro

pareciam ver os fantasmas
dos cadáveres
empilhados nas escadas

lamberiam os corpos dos meninos
já sem vida
querendo curar suas feridas

de manhã, o silêncio de velório
devorava nosso mundo
restava a raiva, o medo e o ódio

com que teríamos que preencher o
vazio de tudo como se
tapa um buraco cada dia mais fundo

Gatinho

Gatinho ainda muito pequeno
repetia para todo tipo de
situação os mesmos três
palavrões que sabia de casa
revidava a raiva que o mundo
lhe dava dizendo a esmo a trinca:
se fuder, porra, desgraça

Gatinho ainda muito pequeno
não podia bater o baba
ficava remoendo as feridas
dentro das palavras, por isso
mesmo criança, não conseguia
dar risada, estava sempre
sisudo roendo sua raiva miúdo

Gatinho ainda muito pequeno
era franzino, menino magro
falava alto os xingamentos
como se fossem suplementos
lhe inchassem os músculos e des-
sem a força de popeye e brutus

Gatinho ainda muito pequeno
maldizia tudo, tinha medo
do escuro e de seu Raimundo
nunca ia muito longe, sabia
que suas ameaças não protegiam
para além de nossas escadas

Gatinho ainda muito pequeno
a gente não podia dizer-lhe
nada, tinha que deixar crescer
nele a casca, nutrir a raiva que
o manteria vivo além da travessa
nossa senhora das graças

Gatinho ainda muito pequeno
nós ríamos de suas ameaças
tentávamos dar alguma graça
ao desespero de seu corpo negro
tão novo, mas já cansado como
se tivesse nascido aos pedaços

Gatinho ainda tão pequeno
adorava desenho animado
brincava de luta todo tempo
dava golpes no ar, socava
o vento, era quando ele brin-
cava coreografando a raiva

Gatinho ainda tão pequeno
a gente não sabia lhe dizer
nada, nem fazer promessa
podia, no máximo rezávamos
uma ave-maria, um pai-nosso
pra ver se tirava deus do ócio

esquartejados

todo dia os corpos rolam
a escada
se despedaçando como
vasos de água
saindo e voltando
de casa pro trabalho
na folga dominó e baralho

se esvaziando na queda fatal
entre um e outro degrau
rolando pra cima e pra baixo
cabeças, pernas e braços
flutuando no espaço

pedaços de cristal esmigalhados
como vidro
sua luz bonita e letal
opaca como acrílico

aprender a amar os cacos
desses vidros
garimpar seus brilhos
que sangram e fascinam
é o exercício mais difícil

o amor se espatifou
na escada
da travessa nossa senhora das graças
mas a costura de argamassa e cimento

vai dando nova forma aos fragmentos
como acontece com os cacos e restos
de azulejo que desenham mosaicos
decorando varandas e becos

o sindicato

Charéu com chapéu na cabeça
sentado no batente de cimento
tomava vento
como se estivesse na praia

os sindicalizados ao seu redor
ouviam palavras ao léu
e jogavam palitinho
do lado do bar de seu Manoel
nunca iam longe dali, no máximo
passeavam do bar à farmácia
circulando entre o remédio e a cachaça

às sete da manhã abriam expediente
com bombinha ou pitu
não se podia ser muito exigente
qualquer doação era bem-vinda

a vida vivida à migalha
assim, como se não faltasse nada
era um truque de mágica
a farsa diária de puxar a alegria
como um coelho de dentro da garrafa
cada gole um abracadabra

mas aquilo tanto e tantos anos
começou a castigar os pés e o rosto
a inchar todo o corpo
inflado e teimoso como boneco de posto

andava cochichando e tropeçando
nos pensamentos já sem dono

até que um dia qualquer, cheio
como um balão sem oxigênio
explodiu no meio da sala
abraçado com a bíblia sagrada
ardia no inferno ao qual se condenara
queimava
como se o fogo apagasse os pecados,
os pesadelos, o passado

explodiu tudo
como um nero dos subúrbios
sem império, sem deus e sem futuro.

na esquina do bar de seu Manoel –
ou roteiro afropessimista para um curta-metragem

em todas as quebradas
da minha pobre cidade
os personagens se repetem

mão branca
o sindicato
farmácias e bares

(alguém é sorteado para
superar o enredo da morte
e provar que todos os outros
podem ter sorte)

em toda periferia
o roteiro é o mesmo:

mão branca mata os meninos
os que ficaram vivos
morrem no trabalho exaustivo e
os peões se eliminam no tabuleiro
em branco e preto

os heróis que resistiram
vão morrendo
na farmácia,
na igreja ou
nos bares

de domingo a domingo
misturando
cachaça, fé e ansiolítico

no baTV

todo dia no jornal
dizem que aqui é faixa de gaza
uma rua contra outra
tipo jihad al-qaeda

a gente só via
subir e descer de escada
casa-trabalho

pai, mães e meninos
arrimos de família
pagando a franquia dos sinistros

Faraó para nós
era o rei do egito

no baralho do crime
não tinha político

a vida de todos nós
tinha telhado de vidro

mas apesar de nos matarem
todos os dias
estávamos vivos, como Zumbis

Copyright © 2023 Jorge Augusto

Todos os direitos reservados. Nenhuma parte desta obra pode ser reproduzida, arquivada ou transmitida de nenhuma forma ou por nenhum meio sem a permissão expressa e por escrito da Editora Fósforo e da Luna Parque Edições.

EQUIPE DE PRODUÇÃO
Ana Luiza Greco, Fernanda Diamant, Isabella Martino, Julia Monteiro, Leonardo Gandolfi, Mariana Correia Santos, Marília Garcia, Rita Mattar, Zilmara Pimentel
REVISÃO Eduardo Russo
IMAGEM DA CAPA © 2023 CNES/Airbus, Maxar Technologies, Dados do mapa © 2023
PROJETO GRÁFICO Alles Blau
EDITORAÇÃO ELETRÔNICA Página Viva

Dados Internacionais de Catalogação na Publicação (CIP)
(Câmara Brasileira do Livro, SP, Brasil)

Augusto, Jorge
    O mapa de casa ou travessa nossa senhora das graças / Jorge Augusto. — 1. ed.. — São Paulo : Círculo de poemas, 2023.

    ISBN: 978-65-84574-57-1

    1. Poesia brasileira I. Título.

23-148411   CDD — B869.1

Índice para catálogo sistemático:
1. Poesia : Literatura brasileira   B869.1

Eliane de Freitas Leite — Bibliotecária — CRB-8/8415

CÍRCULO *Luna Parque*
DE POEMAS *Fósforo*

circulodepoemas.com.br
lunaparque.com.br
fosforoeditora.com.br

Editora Fósforo
Rua 24 de Maio, 270/276, 10º andar
01041-001 — São Paulo/SP — Brasil

CÍRCULO *Luna Parque*
DE POEMAS *Fósforo*

LIVROS

1. **Dia garimpo**
Julieta Barbara

2. **Poemas reunidos**
Miriam Alves

3. **Dança para cavalos**
Ana Estaregui

4. **História(s) do cinema**
Jean-Luc Godard
(trad. Zéfere)

5. **A água é uma máquina do tempo**
Aline Motta

6. **Ondula, savana branca**
Ruy Duarte de Carvalho

7. **rio pequeno**
floresta

8. **Poema de amor pós-colonial**
Natalie Diaz
(trad. Rubens Akira Kuana)

9. **Labor de sondar [1977-2022]**
Lu Menezes

10. **O fato e a coisa**
Torquato Neto

11. **Garotas em tempos suspensos**
Tamara Kamenszain
(trad. Paloma Vidal)

12. **A previsão do tempo para navios**
Rob Packer

13. **PRETOVÍRGULA**
Lucas Litrento

14. **A morte também aprecia o jazz**
Edimilson de Almeida Pereira

15. **Holograma**
Mariana Godoy

16. **A tradição**
Jericho Brown

PLAQUETES

1. **Macala**
Luciany Aparecida

2. **As três Marias no túmulo de Jan Van Eyck**
Marcelo Ariel

3. **Brincadeira de correr**
Marcella Faria

4. **Robert Cornelius, fabricante de lâmpadas, vê alguém**
Carlos Augusto Lima

5. **Diquixi**
Edimilson de Almeida Pereira

6. **Goya, a linha de sutura**
Vilma Arêas

7. **Rastros**
Prisca Agustoni

8. **A viva**
Marcos Siscar

9. **O pai do artista**
Daniel Arelli

10. **A vida dos espectros**
Franklin Alves Dassie

11. **Grumixamas e jaboticabas**
Viviane Nogueira

12. **Rir até os ossos**
Eduardo Jorge

13. **São Sebastião das Três Orelhas**
Fabrício Corsaletti

14. **Takimadalar, as ilhas invisíveis**
Socorro Acioli

15. **Braxília não-lugar**
Nicolas Behr

16. **Brasil, uma trégua**
Regina Azevedo

Você já é assinante do Círculo de poemas?

Escolha sua assinatura e receba todo mês em casa nossas caixinhas contendo 1 livro e 1 plaquete.

Visite nosso site e saiba mais:
www.circulodepoemas.com.br

CÍRCULO *Luna Parque*
DE POEMAS *Fósforo*

Este livro foi composto em GT Alpina e GT Flexa e impresso pela gráfica Ipsis em abril de 2023. Aprender a amar os cacos desses vidros, garimpar seus brilhos.

A marca FSC® é a garantia de que a madeira utilizada na fabricação do papel deste livro provém de florestas gerenciadas de maneira ambientalmente correta, socialmente justa e economicamente viável e de outras fontes de origem controlada.